AF331680

AGÉNOR,

SUR LE TOMBEAU DE SON FILS.

POËME.

PAR M. P******.

A PARIS,

Chez { DESENNE, au Palais Royal.
{ BAILLY, Rue Saint-Honoré.

1789.

AUX FEMMES.

Je vous adresse mon Ouvrage, ô vous que l'on juge si légérement, et que l'on connoît moins à mesure qu'on cherche à vous deviner! Objets du culte le plus idolâtre, ou de la profanation la plus sacrilège, amies compatissantes, ou ennemies implacables, à qui nous prodiguons l'encens et les outrages, vous êtes tour-à-tour le charme et le désespoir de notre vie. Meres, qui connoissez le prix d'un titre aussi doux et tant acheté, Agénor vous retracera l'histoire de vos sensations lors de ces scènes douloureuses. En vous attendrissant sur son sort, vous pleurerez vos propres infortunes. Malheur à mon siècle si sa douleur paroissoit exagérée. Mères sensibles, vous prendrez sa défense,

A 2

vous excuserez le Poëte en faveur du sentiment.

Le sentiment !..... Il est votre précieux attribut. Il prête des graces à la laideur, il divinise la beauté, il fait pardonner, justifie même vos foiblesses. J'ai presque dit qu'il les honore. Cependant, malheureuses par notre bonheur, chaque couronne que vous donnez est arrosée de vos larmes : pleurs touchans, que vos esclaves, devenus vos maîtres, voyent couler avec volupté !

Néanmoins, je me suis répété souvent, que la sensibilité étoit un mal. Les privations amères sont si près de nos jouissances rapides, notre satisfaction est tellement liée à tout ce qui nous environne, et qu'il ne dépend pas de nous de conserver, que dans le court espace de notre vie, nous sommes condamnés à en passer les trois-quarts à déplorer nos pertes. Cette sensibilité qui émeut, transporte, enchante, déchire trop souvent ;

elle n'est rien pour celui qui ne l'a pas éprou-
vée ; il jouit moins , à la vérité ; mais il n'a
pas à gémir.

Je blasphèmois ! et j'abjure sans effort ,
les idées de celui qui goûte les plaisirs sans
y tenir , les perd sans les regretter , et dont
l'existence est nécessairement nulle. C'est au
charme du sentiment que j'ai dû des momens
de bonheur. Sans lui aurois-je connu le prix
d'un regard , d'un mot , d'un sacrifice !
C'est lui qui m'a procuré les consolations de
l'amour , de l'amitié , de la nature , si l'on
suppose que les murmures des sots , les petits
moyens de l'envie , et la morgue persécu-
tante de l'orgueil , puissent causer des chagrins à l'être qui s'est accoutumé de bonheur
à voir toutes ces choses avec indifférence. Le
sentiment a donc moins servi à me consoler
qu'à donner une valeur précieuse à une foule
de bagatelles , que la plûpart des hommes
n'apperçoivent pas. Heureux par vous , et
avec les Muses et les Arts , sans ambition ,

sans fanatisme, et sans intrigue, je désire
seulement avoir fait passer dans ce petit Ouvrage, une portion de ce sentiment que j'a-
dore en vous.

AGÉNOR,

SUR LE TOMBEAU DE SON FILS.

POËME.

La Déesse des nuits, le front orné d'étoiles,
Sous la voûte azurée, étend ses sombres voiles,
Et le Dieu consolant qui préside au repos,
Agite, dans les airs, son sceptre de pavots :
Ses ministres légers, à ses ordres fidèles,
Voltigeans sur ce monde, aux larmes condamné,
      Abaissent mollement leurs aîles,
Sur l'œil appesanti de l'homme infortuné :
Il respire, un instant, sous le poids de ses chaînes ;
      Il ne sent plus ses peines,
Et pour les doux plaisirs il se croit destiné.

Envain tout obéit aux loix de la nature ;
Le sensible Agénor, morne, défiguré,
Promène, en frémissant, le tourment qu'il endure ;
Il voudroit fuir son cœur, son cœur désespéré,
Comme un tyran cruel, aggrandit sa blessure,

Vous qui le poursuivez, sentimens douloureux,
Pourquoi lui rappeller les beaux jours de sa gloire?
Pour la première fois, montrez-vous généreux ;
Dans son cerveau débile éteignez sa mémoire.
Il paroît, il s'avance, un souvenir mortel
Déchire avec effort cette triste victime ;
   Il fut père !.... Est-ce donc un crime?
   Nature, il vient, à ton autel,
Expier les douceurs de l'amour paternel !

 Les bois ont disparu, l'œil a perdu la route
De ces astres errans sous la céleste voûte ;
Chaque objet se confond ; une épaisse vapeur
  Voile Phœbé (1) ; le chaos naît : la peur
Dans sa marche inquiète, incertaine, égarée,
   Offre aux Mortels épouvantés,
Les spectres de la nuit dont elle est entourée ;
Tous fantômes hideux, et par elle enfantés ;
Les vents sont enchaînés dans leur profond abîme :
Ce calme universel à la nature imprime
Un sombre caractère, image du néant ;
Quand du creux d'un vieux chêne un long gémissement,
Tel qu'un son échappé des rives de l'Averne (2),
Par écho qu'il attriste, est porté lentement
Dans le repaire affreux, vaste et noire caverne,

____

(1) La Lune, appellée Phœbé par les Poëtes.
(2) Fleuve des Enfers.

Où repose des bois le Monarque effrayant.
Il s'éveille, secoue une crinière horrible,
Autour de soi promène un regard foudroyant ;
De sa gueule enflammée, il sort un cri terrible,
Qui grossit, en roulant jusqu'au-delà des monts,
Comme un torrent fangeux roule dans les vallons.
La forêt a tremblé ; Philomèle (1) interdite
A suspendu ses chants, la Dryade (2) sa fuite ;
Et tous les animaux, frappés du même effroi,
A ce cri redoutable ont reconnu leur roi.

CEPENDANT Agénor n'a pas senti la crainte :
Guidé par sa douleur, et les cheveux épars,
Il brave de la nuit les dangereux hasards,
Traîne un pas chancelant, vers cette obscure enceinte,
Vers ce dernier asyle où gissent confondus,
Les grâces, la laideur, les crimes, les vertus.
Ce palais de la mort, où règne le silence,
Lui plaît ; il le chérit ; mais, desirs superflus,
L'objet qu'il y demande, il ne le verra plus !
Penché contre un cyprès, dans ses mains il balance
Sa lyre, dont les sons tendres, mélodieux,
Célébroient tour-à-tour sa maîtresse et ses dieux.

---

(1) Cette Princesse fut métamorphosée en rossignol ; c'est sous ce dernier sens qu'elle est prise ici.

(2) Nymphe des champs supposée fuyant les poursuites amoureuses d'un faune ou d'un sylvain, autres divinités champêtres.

A son désordre il s'abandonne ;

Sous ses doigts sa lyre résonne ;

Et sa voix presqu'éteinte a prononcé ces mots

Qu'interrompoient souvent des pleurs et des sanglots.

———————

« Je suis seul au milieu de la nature entière ;

Le repos de mon âme est banni pour jamais.

A peine je soulève une foible paupière......

Dans quels lieux me cacher pour rencontrer la paix ?

Où me fuir ? C'est envain ; je me trouve sans cesse.....

Le bonheur ! le bonheur !..... Il m'est donc échappé !

Du songe de la vie, Agénor détrompé

Évite les humains ; tout lui nuit ; tout le blesse.

Quel calme m'environne, et quelle obscurité ?

Mais je suis mieux ici ; ce séjour a des charmes,

Et moins péniblement j'y sens couler mes larmes.....

Quoi ! la douleur auroit sa volupté !

Les premiers regards de l'aurore

Ennivroient, transportoient mon cœur ;

Ce matin je chantois encore

Et la nature, et mon bonheur.

Du sort je bravois les outrages,

J'osois défier ses orages,

Je pressois mon fils dans mes bras !....

Insensé ! trop fatale joie !

Le sort avoit marqué sa proie.....

J'erre dans la nuit du trépas.

Soleil, astre divin, dont l'éclat m'importune,
Refuses ta lumière et la fécondité
A ce climat proscrit qu'habite l'infortune ;
C'est pour les seuls heureux que brille ta clarté.
O nuit ! protége-moi dans ma douleur profonde ;
D'un crêpe plus funèbre enveloppe le monde ,
Et fais rouler ton char avec plus de lenteur :
Laisse-moi m'égarer dans cet immense empire
Où ce qui respiroit attend ce qui respire.....
Quoi ! ces lieux ont perdu leur pouvoir destructeur !
Sous mes pas tout s'anime , et les cyprès frémissent ;
Les mânes consternés, murmurent et gémissent,
      De voir un être audacieux,
Pour les interroger, s'arrêter auprès d'eux.

Je ne troublerai pas vos demeures paisibles ;
O mânes ! pardonnez à de justes ennuis ;
Vous fûtes autrefois époux, pères sensibles ;
Mon fils dort parmi vous ; j'y viens chercher mon fils.
Unique et digne fruit de l'amour le plus tendre ;
Cher enfant, je t'appelle... Ah ! pourrois-tu m'entendre?
Saurai-je découvrir dans quel coin ignoré,
D'une cendre si pure est le dépôt sacré ?
Où suis-je ? mes cheveux se dressent sur ma tête !
Une invisible main , sur ce tertre m'arrête.....
Hélas ! c'est donc ici..... J'osois encor douter ;
Un espoir séduisant avoit pu me flatter.
L'illusion s'envole, et dans leur étendue,

La vérité cruelle, à mon âme éperdue,
Présente de mes maux le sinistre tableau,
Je voulois t'embrasser, et je presse un tombeau!
J'y reste : désormais il sera ma demeure ;
Voilà mon lit, le lit de mes larmes trempé ;
D'un emploi douloureux, à jamais occupé,
Là, j'entendrai pour moi sonner la dernière heure.
Ciel exauce mes vœux, les vœux les plus pressans !
O ! mon fils, mon cher fils, attendrai-je long-tems ?

ILS ne sont plus ces jours de mon heureux délire,
Lorsque, dans son berceau, je le voyois sourire,
   Etendre ses bras caressans ;
Lorsque je répondois à ses jeux innocens.
Dans les traits enfantins d'une tête si chère,
Fixant avec transport les charmes de sa mère,
Je voyois l'avenir secondant tous mes vœux,
   Me préparer des jours délicieux.
Je suivrois ce cher fils dans sa jeunesse active.....
Déjà je me voyois, d'une main attentive,
Dirigeant ses penchans, prévénant des dangers,
Des folles passions les élans passagers,
Formant à la vertu son cœur simple et docile,
Lui traçant du bonheur une route facile ;
Et dans ce beau sentier par moi-même affermi,
Pour prix de mes travaux, j'obtenois un ami.
Tels étoient mes desseins ! Les dieux, dans leur colère,
Ont voulu me punir de l'orgueil d'être père.....

Falloit-il me combler, grands dieux, de vos bienfaits !
Ah ! pour me les ravir, quels furent mes forfaits ?

PARMI les malheureux, suis-je le seul qui veille ?
Plus d'un père gémit d'un tel coup abattu !
Et toi jeune beauté, Zelisca, que fais-tu ?
Tes cris jusqu'en ces lieux viennent à mon oreille ;
J'entends ta voix plaintive accuser le destin....
Tu pleures loin de moi ;..... pleures un titre vain.
Mais plutôt, dors en paix, compagne incomparable ;
Quand d'un calice amer je suis trop abreuvé,
Puisses-tu m'oublier ! destin inexorable,
Donnez-lui le repos dont vous m'avez privé !
Punissez Agénor, il étoit seul coupable ;
Epargnez une mère ! Eh ! dans votre rigueur
   Êtes-vous à l'homme semblable ?
   Confondez-vous le crime avec l'erreur ?

MODÉRES tes transports, adorable maîtresse ;
Dans ce commun malheur, resserrons nos liens.
Sois mère, Zelisca, s'il se peut, sans foiblesse.
Tu le sais, tes chagrins ne sont-ils pas les miens !
Lorsque devant l'objet de ta vive tendresse,
   Tu fis briller la coupe énchanteresse,
Ce vase où sont mêlés, avec très-peu de biens,
D'innombrables douleurs, le dégoût, la tristesse ;
De ses lèvres, le bord est à peine pressé,
Que de ses foibles mains le vase est repoussé ;

Il detourne la tête ; il a craint l'existence :
C'est en nous souriant qu'en la tombe il s'élance ;
Les dévorans soucis pour lui sont effacés.
Rendons grâces aux Dieux, chère amante, peut-être
Il eût cent fois maudit l'instant qui le vit naître ;
En lui mes sentimens, sans doute, étoient tracés ;
Il se dérobe aux maux sur ma tête amassés.

INFLEXIBLE, indompté, dès mon adolescence
Tu me vis signaler ma fière indépendance ;
Je ne connus jamais cet art insidieux,
De masquer ma pensée, et de feindre des vœux :
Souvent je terrassai la souple hypocrisie ;
Et, sans être étonné de l'éclat des grandeurs,
Je cherchai l'homme enfin parmi ce tas d'honneurs ;
Je ne l'ai pas trouvé ; je l'ai dit, et l'envie
Appelle à son secours la noire calomnie.
              N'ai-je pas vu ces méprisables sœurs
              Me susciter un monde d'oppresseurs ?
Ils m'ont tous accablé, mais sans ignominie.
Que pouvois-je contr'eux ? Etranger à leurs mœurs,
De ces grands si petits je n'eus pas les faveurs ;
La haine et l'infortune empoisonnoient ma vie,
Quand l'amour sous tes traits, quand la douce amitié,
D'un mortel trop sincère eurent quelque pitié.
De ton fils, Zelisca, tel seroit le partage :
Tes grâces, ta candeur, ta sensibilité,

D'inflexibles vertus, l'inutile héritage,
    Et l'importune adversité.....
Tu vois ce que tu perds, vois ce qu'il eût été.

  Détour ingénieux, ton magique prestige
Ne me peut éblouir lorsque tout m'est ôté !
Je ne sens que le mal dont je suis tourmenté.
Dieux ! soyez satisfaits ! j'ai tout perdu.... que dis-je ?
Tout n'est pas consommé... Faut-il souffrir encor ?
    Image trop désespérante !
O douleur ! je verrai ma maîtresse expirante,
Ou baignant de ses pleurs la cendre d'Agénor....
Irrévocable arrêt ! Zélisca, je frissonne.
Toi seule contre moi, tu peux me soutenir....
Viens, vole à ton amant, que l'horreur environne...
Enchaînons le malheur, prévenons l'avenir,
Et que le même trait serve à nous réunir ».

————————

  Ainsi dit Agénor : les mânes applaudissent ;
Les Dieux mêmes, les Dieux à sa voix s'attendrissent :
Il veut se relever ; immobile, glacé,
Sur ce tertre insensible il retombe oppressé.
Mais déjà du matin la perle transparente,
Des bords de l'horison jette des feux mourans ;
L'aurore a déployé son écharpe éclatante ;
Le feuillage s'émeut, agité par les vents.

L'œil distingue Agénor parmi ces ossemens,
De l'orgueil des humains inévitable reste ;
Il s'éloigne à regret d'un spectacle funeste,
Et suspendant sa lyre aux branches d'un cyprès,
Il s'enfonce, pensif, dans la nuit des forêts.
Mais quand le Dieu du jour fuira devant les ombres,
Agénor reviendra vers les demeures sombres,
Qui renferment l'objet d'un éternel malheur.
Asyles effrayans où se plaît sa douleur,
Instruisez ce mortel, que de vous il apprenne,
Que la voix des plaisirs, dangereuse syrène,
Par des sentiers de fleurs nous conduit aux tourmens !
Trop rapides éclairs, fuyez plaisirs charmans !
  Heureux celui qui vous ignore,
  Aucun chagrin ne le dévore,
 D'un œil tranquille il voit finir le jour,
Et sans impatience il attend son retour !

FIN.